傅蓉蓉 著

煮字为茶

吉光片羽　寒暖人间　神与物游　万象缤纷

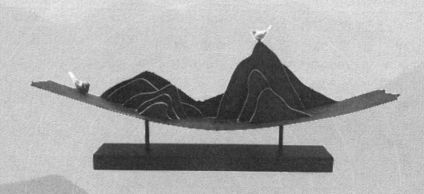

光明日报出版社

图书在版编目（CIP）数据

煮字为茶 / 傅蓉蓉著 .-- 北京：光明日报出版社，
2020.4

ISBN 978 - 7 - 5194 - 5693 - 1

I.①煮… II.①傅… III.①诗词—作品集—中国—
当代 IV.① I227

中国版本图书馆 CIP 数据核字（2020）第 052208 号

煮字为茶

ZHUZI WEI CHA

著　　者：傅蓉蓉

责任编辑：曹美娜　黄　莺　　　责任校对：张　幽

封面设计：中联学林　　　　　　特约编辑：万　胜

责任印制：曹　诤

出版发行：光明日报出版社

地　　址：北京市西城区永安路 106 号，100050

电　　话：010-63139890（咨询），010-63131930（邮购）

传　　真：010-63131930

网　　址：http://book.gmw.cn

E - mail：caomeina@gmw.cn

法律顾问：北京德恒律师事务所龚柳方律师

印　　刷：三河市华东印刷有限公司

装　　订：三河市华东印刷有限公司

本书如有破损、缺页、装订错误，请与本社联系调换，电话：010-63131930

开　　本：170mm×240mm

字　　数：185 千字　　　　　　印　　张：14

版　　次：2020 年 4 月第 1 版　　印　　次：2020 年 4 月第 1 次印刷

书　　号：ISBN 978-7-5194-5693-1

定　　价：58.00 元

序

轻如羽毛的时间，在化为泡沫前定格

在图森炽烈而透明的阳光下编定这本诗集，我问自己：这是一个诗歌注定被边缘化的年代，忙碌而焦灼的人心滚动在世路上，尘埃扬起，"诗"太容易被遮蔽；这是一个诗歌注定被娱乐化的年代，读诗、写诗都可以成为一种表演——入戏快，门槛低，这本集子的出生到底所为何来？

我从来没有把自己当成诗人。这顶桂冠，在我看来洁净明亮如星辰，却又是荆棘编成。戴上它的人注定带有某种神性。我也拒绝给自己贴上标签——旧体诗作者、新诗作者，在我看来，这样的区分多少带有一些腐朽的气息。我只想按照自己懂得的节律歌唱，并将这种歌唱当成与这世界交互的一种方式。让一束光，照进生命的幽暗。

这个四月，在遥远异国的天空下，盘点文字，突然听见，每一朵苏醒的花都在歌唱。突然懂得，许多新生命簇拥的季节叫作春天。我想剪一米阳光，晾晒被忧愁和雪打湿的书囊。让长出翅膀的文字飞吧，停在枝头，沾于草叶，如一滴蜜，治愈或浅或深的——伤。

如同前一本诗集的体例，我用一个故事作为这本小集的句点。如果可以，请把它看作我另类的"诠释"以及"独白"。

轻如羽毛的时间，在化为泡沫前，定格。

傅蓉蓉

2019年4月9日

于亚利桑那大学东亚系

诗集目录

序：轻如羽毛的时间，在化为泡沫前定格

因物兴感

贰 寒暖人间

寄远赠人

合事而作

雅

颂

万
象
缤
纷

减字木兰花·清明

/

暄阳腾暖，秾李夭桃春不管。

树树芳菲，待与啼莺入妙吹。

芳芽兰笋，新火试煎新绿嫩。

检点晴瓯，半注闲愁半旧愁。

浣溪沙·清明

半属烟霭半清明，草长莺飞不胜情。
北邙道上几人行。

沽酒旗青沾杏雨，瘗花铭旧醉墨轻。
长歌萧萧恨难平。

卜算子·谷雨

/

风暖催鸣鸠，花事荼蘼了。

烟柳初晴拂画桥，欸乃渔歌早。

帆影入澄清，客子江南老。

为问春归何处觅，醉看吴山好。

浣溪沙·戊戌三月二十逢立夏

旋暖旋寒月半轮，乍晴乍雨一溪云。

薰风万斛物华欣。

坐看青梅迢递老，且听燕语从容新。

人间怅别十分春。

临江仙·端午三题

其一

万顷薰风犹潏荡，初黄梅子端阳。

莲娃钓叟总熙攘，棹舟扬簸里，嬉笑满横塘。

纵酒放歌偏清旷，封侯年少寻常。

三生有梦寄河梁，江湖何限事，烟水正苍茫。

其二

由来相思无从替，人前怕数归期。

短歌长咏醉淋漓，眼波心底事，宛转入诗题。

望尽天涯何处是，旗亭芳草萋萋。

山高月小雁声稀。朱丝结百索，系向碧梧西。

其三

暖薰晴融芳意好，榴新梅熟樱桃。

归来偏踏小虹桥，裹蒸香稻粒，醉饱且陶陶。

惆怅骚人无处觅，沧波烟渺舟摇。

清辞歌罢忆终朝。天风逐海日，有梦寄迢迢。

鹧鸪天·小暑

/

风软帘轻竹树幽，南窗弦罢指纤柔。
苇蒲烟笼汀洲远，菡萏红稀暝色浮。

怅往事，记春秋，几番灯火送行舟。
无端心事眉间恨，辜负清觞明月楼。

江南春 · 白露

/

零露结，晓风轻。

寒蛩灯下老，岩桂涧中明。

相思一树无情碧，宿雁苹花隔远汀。

画堂春 · 丁酉立秋前一日

秋来岁岁客他乡，听风听雨徊徨。
故园篱落近芜荒，草盛薇长。

动静烟云过眼，壁观人事参商。
凭阑谁许慰苍凉，煮字为汤。

（注：暑气未解，秋候将至。
岁岁此时，远客异乡。仆仆风尘，
征袍已黯；碌碌半生，百事无成，
思之慨然。）

立秋偶占

赤地炎光朱火盛，宇天纤霭碧澄清。

稻香连陌田畴满，别浦莲讴寄白苹。

住近城南朝市远，优游云间燕鸥盟。

晚蝉初歇梧桐老，始觉秋声逐海声。

丁酉秋分

/

新月姗姗敌画楼，
云间风物动离瓯。
半生心事潇潇雨，
并作晶帘桂子秋。

减字木兰花·丁酉七夕

鹊灵初集，渺渺谁家多事笛？
暗换金乌，半老蛩鸣听却无。

花津柳岸，骇女痴儿争烂漫。
无语偷渻，万点相思一线穿。

鹊桥仙·七夕

风疏云淡，月明星小，河汉相期幽眇。
算年年巧鹊殷勤，津涯路，连番及早。

银屏珠箔，云鬟鸦鬓，还作当时风调。
换人间，几度沧桑，情怀似，秋光恰好。

七夕风雨大作因赋

/

西窗风雨总潇潇，四望云山隔岸潮。

已恨秋声催草木，还逢乞巧祀凌霄。

清寒门户惟卮酒，冷淡生涯罢紫箫。

银汉年年填未尽，人间何事赋星桥。

画堂春·丁酉秋夕

/

风噙桂子满中庭，乍阴乍雨初晴。

玉壶光转晓寒轻，水碧波平。

怅饮旗亭故事，别生此间幽情。

雁行重过数峰青，契阔空明。

八声甘州·丁酉仲秋杂感

/

对好风如水，寄沙鸥，年年两难期。

怅浮生暗换，天风海雨，蜃气虹霓。

辜负东篱酒暖，欲语总犹疑。

恰月华流瓦，桂影偷移。

别是幽怀无绪，正轩窗画阁，倦眼离离。

欲题婵娟句，烟水共天低。

看归鸿，旧家池苑，记当时，碧草尚萋萋。

凭谁吊，青衫故事，至老沉迷。

虞美人·戊戌中秋作

寒蝉断续西风烈，桂底飘香屑。

倚栏人近碧云边。清夜月明霜雪、似当年。

长歌未尽行人散，雁影芦花乱。

一星灯火麂轻烟。窗课相思遍写、却无言。

双调忆江南·中秋感怀

/

江南月，三五正团圆。

蟾影危楼偏丁丁，清辉东海总姗姗。

罗袂笼轻寒。

追盛事，散漫共飞烟。

怜取当时春尚好，转头哀乐近中年。

余恨入眉弯。

丁酉寒露

/

露冷霜华月正秋，

潮平两岸接天流。

征袍酒里尘沙黯，

一夜凭轩忆管篌。

点绛唇 · 丁酉霜降

/

霜冷吴天，露零蔓草西风倦。

行藏散漫，忍踏江南岸？

落月无声，应是归来晚。

兰擎短，村醪懒换，重唱《长亭慢》。

早课拈得八齐韵赋丁酉立冬

/

秋气悲乔木，黄华照眼迷。

霜声侵晓色，禅月共天低。

风露新寒重，江山故道萋。

绝怜南度雁，肯与白云栖。

如梦令·丁酉小雪

/

林暗云深雁渺，冷落西风霜草。
未许计归程，锦字红笺重道：
堪笑，堪笑，一树梅花共老。

朝中措·丁酉大雪

年来江海寄萍踪，离恨拟青骢。

待写梅花故事，小窗夜半听风。

佳期休梦，酒痕诗里，且共从容。

袖手明朝看取，琼瑶万里冰封。

菩萨蛮·客旅南天闻大雪节气已至

/

行云带雨天涯路，凭栏望断山无数。

琥珀卷轻瓯，边声动客愁。

频闻江上雪。白鸟音尘绝。

转忆陇头梅，暗香谁与归。

域外冬至初度

/

天涯初度一阳生，遥念琼瑶映赤城。

岭月他乡新望眼，梅花故国旧深盟。

青衫子弟悲华发，紫塞宾鸿怅远征。

归去来兮何处写，蛮风如水破余醒。

减字木兰花·元旦

/

夜寒昼暖，睡起晴窗初日晚。

朱碧纷纭。闲看繁华幻似真。

阴阳昏晓，又报人间新岁好。

静水深流，得似梅花也自由。

春秋代序

满庭芳·依韵和姚蓉教授风雪蜡梅并贺新正词

/

腊雪松欺，琼瑶被竹，冰清万宇春前。

博山烟冷，蜂蜡沁孤妍。

偷剪黄绡罗袂，酥丸滴，沉水清圆。

题芳信，云章龙篆，醉影写蛮笺。

年光，如许事，鸾归紫掖，龙祝新天。

伴霜钟，国香小注金船。

梦断轩窗岑寂，趁清晓，碎踏溪山。

流连处，东风第一，淑景助欢颜。

凤栖梧

/

芳信天涯春意早，柳软花娇，胜日青青草。

灵鹊谁家枝上恼，珠帘摇荡笙歌渺。

萍寄蓬山身渐老，客恨萧萧。

香篆浮烟袅。厄酒酲新频醉倒，明朝续谱相思调。

（注：美城拉斯维加斯地气暖，春归早，丁酉残岁，余客于此，时逢除夕，小词一阕，以贺新正。）

春秋代序

点绛唇·戊戌元宵

/

夜簇千灯，好风如水佳时节。

倚栏晶洁，三五团圆月。

梅柳争春，香雪东风冽。

情切切，无言凝噎，犹共经年别。

水调歌头·元夕抒怀（用苏东坡体）

/

灯月映今古，万户小团圆。

好天花媚良夜，谁惜五更寒。

醉眼人间惊恍，此夕幽怀放旷，颠倒不须怜。

检点老行藏，羞共记流年。

苑池静，人散后，梦阑珊。

一生百计，长在松下与梅边。

天意从来难问，世事漫随痴钝，未了是因缘。

解得槐安境，归去五湖船。

减字木兰花·早春

/

东君弄巧，一树娇娆芳意早。

调粉施朱，越女妆新入画图。

邻箫声动，碧落琼台庄蝶梦。

别有清欢，行看流云坐看山。

浣溪沙·春夜

/

最是东风临夜时，纷纭心事细如丝，
挑灯独看惜花词。

银字红笺诗兴懒，遥山近水燕声迟。
月明先上小桃枝。

因物兴感

华胥引·咏鸽

波澄沙黯，月映天心，野鸥翔集。

百丈楼台，盈盈却向来处觅。

断续几索丝弦，对景萧然立。

露重更深，碧梧拣尽疏密。

憔悴当时，只影向，绝崖垣壁。

伤翎破羽，倩谁轻怜将息。

最是韶华意气，驭河山无极。

烟水花繁，黄粱梦断无迹。

（注：道逢一羽白鸽，依依向人，似觅归处；觅而不得，辗转独立，不共群鸟语。慨然咏之。）

减字木兰花·观莲

/

清圆滴沥，睡起鸳鸯何处觅。
翠盖朱衣，一朵盈盈照眼迷。

满湖烟水，眼底江山心下事。
吩咐轻鸥，且共菱讴逐钓舟。

35

菩萨蛮·白莲

/

清波摇漾天光漫，分明醉里如初见。

心事恰连绵，含羞低素颜。

白鸥归去早，客子江南老。

还谢绿罗裙，年年绮似云。

唐多令·蟹

/

月浸稻炊香。蒹葭带晚凉。

筑新场、绿蚁初尝。

八跪紫螯称矫健，笑公子、竟无肠。

世路两茫茫。浮生云水乡。

立黄昏、四海斜阳。

况味调和夸作手，姜桂性、老弥芳。

画堂春·题华理附小

/

艺兰树蕙总殷勤，黄鹂隔叶佳邻。

万行诗里见精醇，桃李争春。

玄素手谈驰骋，乐群格物修仁。

百年事业话纷纭，第一求真。

相思引·秋草

/

秋草年年寄相思，东篱谁共续残诗。
菊魂雁影，重看似当时。

水阔山长清夜月，阳关拍遍意迟迟。
蓼汀渔火，惆怅亦如斯。

清平乐 · 己亥早春，图森觅花小记

/

晴川烟腻，地暖东风细。

十亩山园随人意，栽得绿云旖旎。

归去检点清芳，影乱小阁松窗。

偷取韶光明媚，浮生懒忆幽凉。

鹧鸪天·松鼠

/

潇洒林中不记年，从来松下小神仙。

腾飞暂共烟霞老，照影偏随皓月寒。

拾山果，饮鸣泉。人间得失忘言诠。

春深犹借高枝卧，忘却功名便是闲。

合欢

/

乌鹊枝头月半轮，
东风合露湿青春。
此生此夜芳菲好，
只染相思不染尘。

庭桂

/

中天桂影满庭芳，
夜雨秋窗助晚凉。
无梦懒寻花下句，
沾衣犹带去年香。

因物兴感

43

咏仙人掌

/

瀚海狂沙白日骄，

峥嵘傲骨最高标。

立身岂媚三分水，

自剪清风慰寂寥。

寒暖人间

寄远赠人

浪淘沙·赠人

/

暑气溽芸窗，丽日暄阳。

写经偏近小陂塘，静处无尘人不到，袅袅新凉。

堪笑利名场，蝶老蜂忙。

几家忧喜动肝肠。得失从来行看惯，野鹤昂藏。

水龙吟·寄远

雨收星淡风凉，正茶薰玉炉烟邈，玲珑帘卷。

青灯煮字，寻常巷陌。

彤管松烟，几番濡染，幽怀离索。

记江天空廓，云涛霜雪，只影向，千峰错。

双鲤谁家落拓，怅迢迢，清宵如昨。

相思怕寄，江南塞北，萍踪漂泊。

踏月长歌，念云中雁，也怜萧寞。

许情多，小字千行切切，锦书鸳诺。

减字木兰花·是夕风雨大作，感时念远，因作

雨横风骤，秋气几家萧瑟后。

羌管幽幽，别调相思送行舟。

汀兰芷岸，惆怅非关心绪懒。

冷落河山，画壁松枝拂旧垣。

鹧鸪天·为旧友赋去国，时在处暑

/

无限相思有限身，微凉欹枕厌芳樽。

他乡风雨心中事，故国河山梦里人。

蓬山路，几逢春，长亭柳外草烟薰。

青裙已渍诗痕遍，新卷虫声灯影昏。

少年游 · 重九忆人

/

菊黄风露染芳枝，胧月恰弦时。

西窗烟软，桂香初透，闲看扫花词。

年年怕问登楼处，江阔雁声迟。

别后相思，别时低语，心事付新诗。

减字木兰花·戊戌除夕逢立春山行寄诸友

/

溪山清晓，地僻何妨春意早。

烟卷云舒，天与丹青胜画图。

层林叠嶂，何处琴台堪眺望。

应笑蹉跎，且劝流觞逐逝波。

千秋岁·岁暮怀乡寄江南诸友

浮云岭外。挼遍花枝碎。

黄沙软，斜阳退。

新诗凭醉草，青镜愁相对。

山河远，千峰幽恨谁同会？

徙倚怀桑梓。宾雁啼声滞。

岂堪看，胭脂泪。

奁开怜旧影，帘卷松声沸。

人不寐，月明如雪天如水。

（注：用秦观体。）

如梦令·对旧照怀樱花节诗友

/

睡起莺声新透，恍惚江南依旧。

犹记去年时，柳外莎边诗酒。

雨骤。雨骤。人与山樱同瘦。

点绛唇·大寒日得旧友书，感而有寄

笺短情长，星星灯火余微暖。

西窗向晚，隔画帘频看。

月小山高，雪落梅香远。

流光转，鬓鸦霜换，留与相思绾。

临江仙·雪中怀人

/

玉沙频扑行人面，香生一树娉婷。

几家瑶瑟指初凝，蕴思称婉转，著意属清听。

记取当时凌波路，徊徨心事难平

短亭历历接长亭，相期梅蕊早，云雁寄归程。

风入松·雾中有寄

/

琼台晓雾琐新愁，怕上层楼。

蓬山渺渺人归后，千行书，谁检谁收。

望断津涯烟色，眼波心事难留。

疏桐曾与凤凰游，碧月篜篌。

看山看水当年意，算如今，欲诉还休。

眼底若教无恨，清霜岂惧盈头。

合事而作

临江仙·残年将尽，夜飞维加斯，机上作

冲寒夜半走天涯，年来几度狂沙。

别弦珍重寄流霞，可怜楼上月，空照旧梅花。

中岁狼藉事如麻，况兼老病交加。

凭轩无语忆胡笳，乱流颠簸处，梦断恨无家。

虞美人·十年重聚

/

黄昏几点星星雨，依约新荷举。

笙歌别院笑言逢，珍重十年意绪，话萍蓬。

青衫渍酒当时态，根骨欣犹在。

海风天雨许磷磨，剑胆琴心偏肯，傲沧波。

风入松·戊戌白露赋将别

风清露白桂初香。又换秋凉。

山河望断凝眸处，晓烟浮、木叶青黄。

置酒倩谁相看，倚栏莫费啼行。

相思人后独凄凉。百转愁肠。

残荷零雨清霜月，也堪题、断续辞章。

待漏寻常巷陌，此心故国他乡。

59

菩萨蛮·离思

/

惯听落木潇潇雨，霜声枫色浑无绪。

横笛白云边，歌吹属少年。

临风欹玉盏，醉看游丝软。

未许计归程，长歌罢雁征。

浪淘沙·客舍听风

顾影小轩窗，飒飒风凉。

抛书人向满庭芳，陌上谁家归骑疾，催热情肠。

无语对流黄，句不成行。

莺声啼碎小池塘。底事清寒欺病骨，新月如霜。

小重山·秋声

/

楼上秋声逐雁声。碧梧侵皓月，冷尘生。
诗情酒意共兰灯。频忆起、柳岸晓风清。

谁与话生平。纷纭心下事、付银筝。
长安路远不堪行。锦书字、流水寄飘萍。

一剪梅·秋思

/

渌酒卮寒接素秋，醉里诗残，身外闲愁。

江天暝色渚烟浮，阅尽千帆，难系归舟。

心事无端未语休，百念红尘，数点轻鸥。

凤箫曾伴凤凰游，苦恨年年，碧月朱楼。

朝中措·秋感

/

玉炉烟邈小窗秋，人占月明楼。

枕簟新凉薄醉，雁声犹带闲愁。

十年煮字，半生萍梗，懒话沉浮。

蝶梦絮零无迹，河山且豁吟眸。

长相思

/

风露零，晓寒轻。

相看圆蟾亏复盈。潮声满雁汀。

意难平，怅青冥。

魂梦依依若为情。长亭连短亭。

浣溪沙·赴美访学留赠沪上师友四章

/

其一

征雁声中别故园，绿杨依旧晓风寒，
万家城郭簇残烟。

已近幽沉多暮气，岂须萧瑟唱阳关。
他乡风物许游观。

其二

萧索黄埃万里沙，梦魂一夜向天涯。
徜徉去意寄流霞。

云外谁陪惆怅客，江南最忆是桑麻。
晴窗归日再分茶。

其三

有味青灯独看时，半生心事付残诗。
秋声木叶助相思。

瀚海怜侬归路杳，蓬山愧我客心痴。
阑珊胧月共栖迟。

其四

客舍茜纱透嫩凉，新声总动旧情肠。
秋思弹破月如霜。

置酒无心停玉箸，翻书有意觅残章。
菁菁离恨入诗行。

（注：岁在戊戌，余中年远行，负笈图森访学。时江南秋深，橘绿橙黄，正当佳辰；绛帐课徒，子弟隽秀，亦是佳境；骤赋别离，感怀不已。幸高堂诸亲康强，友朋慰问频至，稍慰离绪。万里飞渡，征鞍初解，草成四章，以寄慈亲师友弟子。）

临江仙·感思

透骨清寒催暮雨，年来犹客黄沙。

无边心事付寒鸦，倚阑听角鼓，隔座送秋茶。

休梦壮岁封侯事，重说空许咨嗟。

千钟粟里费生涯，终南岭上月，长忆旧桑麻。

相思引 · 夜未央

/

一夜西风入恨遥。家山万里忆清宵。
香沉烟软，明月浣缁袍。

孤馆频催颠倒梦，中年心事倍萧条。
山空人杳，独写旧歌谣。

浣溪沙·梦觉

/

梦醒无端夜未央，星河耿耿动离肠。
旧家燕渍泥空梁。

经眼云烟经看惯，半生冷暖半参商。
与无声处拭锋芒。

采桑子·丁酉残岁客中望月

/

流辉潋滟寻常事，待写相思。

怕转相思，小字蛮笺锦瑟诗。

青衫萍寄生涯老，辜负情痴。

偏许情痴，唱彻天南红豆词。

玉楼春·立春咏归

/

岭梅初破燕然雪，罗幕新沾沉水屑。

漏长更永懒相思，题遍人间无赖月。

春行偏早寒尤烈，酒浊诗清风味切。

轮蹄休问几时归，待看雁峰千嶂叠。

霜天晓角（林和靖体）

/

灯昏音杳。霰雪江南道。

遍倚阑干曾眺，千峰冷、银蟾小。

渺渺。归晚棹。锦书合醉草。

怕问暗香依旧？人已共、梅花老。

浣溪沙·周末研究生读书会

/

一树烟霞淡淡妆，春风十里小陂塘。
飞来巢燕自成双。

还惜缃梅摇落尽，犹欣桃李竞清芳。
海棠树下读书郎。

（注：周日，春光正好，为诸生
评讲论文，甚乐。）

满庭芳·将赴美利坚有感

/

万里孤征，投荒垂老，云蒸霞蔚苍黄。

路遥人渺，幽恨付离觞。

检点半生心事，共瑶瑟，总话凄凉。

千峰外，疏星淡月，也解旧心肠。

天涯。真一梦，酒重灯绿，影掩彤窗。

尽舞榭歌台，声色微茫。

未许红笺小字，托尺素，何处鸳行。

凭栏觑，烟花冷落，薄醉即原乡。

（注：中年忧烦，以事远赴异邦，艰难繁剧，未敢申言，心旌荡摇，词以托之。）

临江仙·大江诗会

/

月影画堂灯初结，鸿宾来往歆歆。

千家诗就起高吟，落杯醉雁鹭，江海喜相邻。

鼓角断续城南夜，麝熏偏染佳音。

缃梅赋罢寄乡心，闲情托细管，天籁入鸣琴。

鹧鸪天·戊戌惊蛰兼祝小友小登科后大登科

飒飒东风起蛰雷，绿杨帘外晓寒微。

缃梅砌满春樱小，黄鸟啼初白鹭飞。

青骢骑，锦袍堆。扬鞭笳鼓岂须催。

封侯万里功成日，第一行人早早归。

祝英台近·结缡十五载，感而有寄

碧虚深，芳意淑，记取垂云暮。

宛转低眉，鸦鬓缀金缕。

凤箫声里清欢，此情同谱。

良夜共、月明星曙。

岁光注。朱颜换取沧桑，愁看玉阶树。

剩有相知，轻语共朝暮。

几回执手空山，踏歌归路。

依旧似、昔年佳处。

鹧鸪天·贺禺农老师诗歌朗诵会

澹荡清音海上秋。旌旗猎猎壮心酬。
画堂弦管追明月，玉树风凉照影柔。

联新雨，忆遨游。江山风雨驻吟眸。
沉浮谈笑寻常事，诗笔军戈第一流。

（注：禺农者，军旅诗人，清词
雅句，意境悠远，名动沪上。）

敬贺曹旭师散文作品研讨会召开

/

其一

风骨轩轩小杜诗，凤凰台上属新辞。

无双国士能谁似，踏月清歌骋目时。

其二

丽句清词莫比伦，庭前桃李费精神。

三千门下江南士，夫子襟怀万物春。

神
与
物
游

左图右史

论词九首

浣溪沙·后主李煜词意

/

恨水东流逐逝波，琵琶无奈白头何。
龙楼凤阁付茑萝。

露湿林花红欲尽，青山风雨夜来多。
终宵明镜怅骊歌。

鹧鸪天·小山词旨

/

拂槛轻寒知几重，分香人在玉楼东。
桂眉新蹙青螺浅，醉眼频窥浥露浓。

芳菲意，五更钟，秦筝弦断月朦胧。
试挑湘绮书鸳字，一掬秋心两处同。

定风波·书拟东坡儋州事

/

昨夜西风万里忙，婵娟半面劝离觞。
落笔淋漓澄紫砚，还念，锦襜太守独擎苍。

天许岭梅香共老，怀抱，秋心犹寄短松冈。
竹杖芒鞋谁得似，学士，醉乡应是水云乡。

江城子·重读少游，一叹

/

潇湘微雨怅行舟，枉凝眸，不胜愁。

褪尽朱颜，唯剩鬓鬓秋。

狼藉杯盘偏中酒，颠倒事，数从头。

玉堂曾许宴春游，柳纤柔，鸟啼幽。

检点飞红如海，月如钩。

别后流光空记取，不敢望，最高楼。

满庭芳·正说稼轩

/

怨去谈诗，愁来说剑。英雄壮气磨销。

天长人渺，谁识旧征袍。

遥念沙场秋早，龙蛇动，班马萧萧。

纵横处，云山千叠，霜色满弓刀。

仗平戎袖手，归来年少，义薄青霄。

许生涯，枕戈待月终朝。

老恨如今羞说，频托付，紫兔新毫。

千秋业，评功唯剩，词苑竞雄豪。

踏莎行·白石词话

/

弄吕调商，征云逐雁。冷香枝上分明见。

三生小杜总情多，连番庾恨遮望眼。

篱落灯昏，芸窗吟浅。新声应逐江淮远。

波心月冷怯离弦，蓼花开尽无人管。

华胥引·夜读梦窗词

/

愁猿啼月，梦笔情生，揾愁难寄。

故老琴台，凭栏侧帽曾醉倚。

裁切绿意红情，正雁长天霁。

叶肃风凋，画楼琼阁迢递。

弄影揉香，辗转觅，三吴佳丽。

青衫著酒，风流堪谁譬拟？

休唱花间故事，怅眼波心意。

缀锦施朱，晓来蝶梦幽细。

浪淘沙·简说纳兰词

/

尘黯碧纱窗，笔墨清芳。

谢家庭院旧池塘，满砌落花人不扫，听雨徜徉。

煊赫利名场，公子无双。

封侯万里只寻常。割取秋声频醉倒，槐梦生凉。

玉楼春·浅说张惠言

/

海风瘦骨衣如铁，芳月榆关犹看雪。

百年慷慨寄长歌，舒啸离声云帛裂。

谈玄论礼天心悦，选句评章情貌切。

微言深意美人心，遍染社鹃清夜血。

定风波·海南人物志四章

题冼夫人

/

海雨天风逐莽苍，素缨翻卷血玄黄。

千队如云随六纛，谈笑，铁衣传箭夜更长。

封赐三朝非所愿，惟念，止戈赢得五民康。

寝庙至今呼圣母，不负，行人永忆是开疆。

忆胡铨

/

沧浪连番寄戍征，半生横议半伶仃。

断送玉堂三万帙，此夕，珠崖唯伴燕鸿轻。

几度河山伤往事，掩涕，男儿到死骨嵘峥。

肝胆终朝悬日月，情切，梅花瘦尽是前生。

咏黄道婆

/

生小江南旧巷门，锦梭抛却月黄昏。

百计艰难沧浪里，萍寄，罗浮山下几经春。

十指未输黎女巧，归棹，卅年心事倍伤神。

头白教棉犹不辍，卓绝，云间衣被久无伦。

说海瑞

/

磊落肝肠霜雪寒，孤忠岁岁复年年。

弱冠读书轻富贵，劳悴，穷通未许碍心田。

琼海珠崖连地脉，啧啧，邦人长念是抬棺。

但教世间冤恨尽，始信，众生何必颂青天。

浣溪沙·三题杜工部

其一

驴蹇衣单何处家，飘零书剑客京华。

纷纭世事乱如麻。

千古文章空自许，十年薄宦愧烟霞。

长安独看碧桃花。

其二

春色锦江旧换新，结庐长作看花人。

画棋学钓远缁尘。

陶令生涯非所愿，卧龙事业怅无伦。

黍离麦秀思纷纷。

其三

老去生涯亦壮哉，江声万里独登台。

沙鸥日影啸猿哀。

百代舜尧今日事，千家黎庶旧萦怀。

天风海雨逐人来。

鹧鸪天·稼轩集读后

/

鼓角灯前恨未休，箫声剑气忆绸缪。
鹧鸪啼厌山河远，铁甲风飙汉帐秋。

梦已冷，鬓成羞。相亲唯看老鱼鸥。
客来莫劝金樽酒，颠倒壶天一样愁。

【名称】横塘曳屐图
【作者】石涛
【年代】清
【馆藏】北京故宫博物院

89

鹧鸪天·读史札记

黯淡秋心百尺楼，邻箫且伴月沉浮。

江山眼底当年事，人物灯前论欲休。

山有枳，水无鸥，浮云懒向觅踪由。

残编零帙教重数，蚁穴槐巢万户侯。

鹧鸪天·读梁羽生

剑气英雄越女箫，长河饮马傍临洮。

雁行半逐青山远，霜色初匀铁衣骄。

长安月，总迢迢。十年瀚海忆夭桃。

岂堪重续阳关叠，心事遥随夜半潮。

（注：于吾庐书室偶见梁羽生旧帙，复
忆少时得此卷，常慕其中儿女英雄书剑天
下，买舟江湖，快意恩仇，虽身不能至，然
以为平生知己尽在其中。岁月倏忽，匆匆中
岁，再翻故纸，仍觉风云满目，是为记。）

鹧鸪天·图森访学抒怀

/

野旷天遥云卷舒，晚风仙掌意扶疏。

细斟村酿追明月，闲看群山入画图。

消块垒，懒妆涂。人情世事两模糊。

灵台剩有清明在，独向天涯好著书。

浣溪沙·夜读

断续青灯断续钟，小楼长任月朦胧。
梦魂一夜任西东。

槐蚁国中惊岁月，无稽崖下看鸡虫。
琐窗又染日初红。

南柯子·奉和施议对教授
奉贤诗歌日有作

梅落纷如雪，天青残照红。

贤城小客寄萍踪，

垂岸绿杨无语倚东风。

频唱江南好，笙歌动九重。

诗心词韵古今同。

白雪阳春信是夺天工。

踏莎行·奉和张海沙教授澳门古今诗词与中华文化传承学术研讨会

鱼雁音书，蓬瀛仙侣。

吟风啸月闲中趣。

秋声物色总依依，

裁冰镂玉传佳句。

法雨朝飞，苇航暮渡。

天香吹梦瑶台路。

诗怀如海气如山，

霞觞莫惜清歌举。

南柯子·奉和施议对教授"学术研究创刊六十周年"

/

木叶秋声早，鸿飞响远音。

云低江阔接空林。

看水看山浩气助清吟。

国运连家庆，诗情共酒斟。

高冈振袖踏岖嵚。

海雨天风何必怯亲临。

南柯子·中国词学学会暨 2018 词学国际研讨会于无锡召开，余无缘与会，幸得施议对教授嘱予和韵，勉力草成二阕以奉

其一

学韵平生事，华年乐有余。

文章万目竞瞧盱。

唱彻琼楼还问有情无。

酒侣诗朋会，佳篇物色储。

襟怀澹荡莫跘蹰。

桂影新秋香疏满重湖。

其二

词雅千秋事，篇开意自舒。

清秋佳气入瑶图。

论句评章渔火伴琴书。

锦绣流光璨，龙翔接凤凫。

倾心葵藿慕鸿儒。

古韵新声桂影自扶疏。

小室春生

/

嫩绿娇红态自舒，

晓风四面畅蜗庐。

春生一室关何事？

偶寄闲情好著书。

山河如画

鹧鸪天·夜客贤城

/

芳草重来如碧丝，长庚临夜起乡思。

通书偶觑讶春早，时气频侵怅觉迟。

读旧史，对新辞。书生自古有情痴。

莺啼千里江南岸，又是繁华入梦时。

鹧鸪天·广陵行纪

/

梅子黄初烟雨柔，平山堂上驻吟眸。

东风十里翻弦索，明月三分寄行舟。

当年事，语还休。空拈彩句黯朱楼。

西湖瘦损精神在，柳外花间不胜愁。

画堂春·佳会泸州

江阳物色正清秋，淡烟疏雨初收。
倚阑望断旧沙鸥，水净林幽。

颠倒金波玉盏，殷勤弦管风流。
霜毫赋罢谢朋俦，莫负绸缪。

画堂春·忆周庄

/

儿家门户水迢迢，晓风疏雨夭桃。
绿杨烟外旧双桥，画景难描。

词韵诗心终古，菱歌吴语清宵。
乡心长挂杏花梢，别岸笙箫。

浣溪沙·初夏重过平山堂

辜负广陵又一春，蜀冈朝旭梦留痕，
看朱成碧思纷纷。

文字由来憎命达，江山有意助诗魂。
当时风月怅无伦。

浣溪沙·夜宿秦淮

/

灯影烟波旧凤台，前尘如影共徘徊。

无端心事属秦淮。

曩昔笙歌犹在耳，当时壮气早沉埋。

苔花开尽燕归来。

浣溪沙·周庄桥头吃茶

野叟嬉嬉笑语哗，论今谈古且烹茶。
门前曲水绕桑麻。

菱藕往来惊白鸟，渔樵唱答傲烟霞。
东风桃李落谁家。

105

浣溪沙·过内史第黄炎培先生故居

/

行过江南看过春，粉墙黛瓦旧柴门。

新辞初铸仰贤人。

照眼榴花红胜火，牵衣烟柳黯销魂。

茶清酒浊任天真。

浣溪沙·丁酉岁末过阊门

/

逝水三千忆恨深，重寻踏月旧阊门。

繁华梦醒辨清真。

故老琴台香雪早，勾吴子弟客袍新。

丝弦软语且销魂。

点绛唇 · 山寺人家

/

杂树生花，淡烟零雨斜阳路。

茅檐门户，惹白云同住。

萧寺疏钟，犹是关情处。

凭谁许，离情幽苦，留待莺声诉。

点绛唇·小客贝氏嘉园有熊文旅

/

梅子黄时，朝飞暮卷姑苏雨。

榴花如许，又报春归去。

故老林泉，洗砚成佳趣。

凭谁语，垂杨风絮，犹记青骢路。

减字木兰花·香江咏叹

/

虹霓似绮，长恨天南蓬影寄。
新月如弓，试共闲愁知几重？

苍生蜂蚁，碌碌终朝升斗米。
烟雨狮山，犹记珍珑信手翻。

减字木兰花·濠江威尼斯

/

晦明未辨，蜗角蝇营行色倦。

触手寒温，未许春秋忆幻真。

天涯路识，眼底浮华心下事。

辜负情痴，且赋呼卢买醉诗。

临江仙·别江阳

水色烟岚连遥廓，江鸥转与人亲。
新辞挥就漫长吟，笑谈论契阔，
诗酒总相邻。

长忆明月兰檠夜，傍随风露轻阴。
骚人趁意访山林，松醪倾素盏，
明道即天心。

采桑子·邮轮杂题

其一

西风谁与晨昏立，日映波澄，
月影鱼灯，知在蓬山第几程?

浮生百感不堪论，罢念孤征，
心事崚嶒，不是相思梦不成。

其二

笙歌一夜鱼龙舞，火树银花，
宛转娇娃，十面熙熙笑语哗。

诗书漫卷无人见，淡酒清茶，
冷处偏佳，暂借流光指底沙。

其三

征歌逐舞生涯老，暮暮朝朝，
彩绥风飘，醉里秋波别样娇。

乡音未改当时态，星汉牢牢，
四望云涛，一寸愁丝入海遥。

采桑子·屏山邓氏宗祠

/

海风吹梦天涯老，客恨寥寥，
世路迢迢，谁唱萤窗归自谣。

南天地脉欣重续，星斗昭昭，
祠竹萧萧，络绎新灯寿月宵。

（注：屏山邓氏，北宋初年自
江西迁来，愈千年聚族而居。事务
共商，族产共享。其俗，每诞新丁，
元宵时点"新灯"以告祖先，入宗
谱，飨族人，颇有古风。）

115

采桑子·天文台观星有感

/

星河遥看夸驰目，云卷云舒。

偏昃金乌。幻化沧桑有若无。

人间底事经营苦，看碧成朱。

天影平芜。记取当时相见初。

唐多令·帕巴格公园

晓色接云涛，晴烟带浅潮。

趁春朝，鹭侣堪邀。

裁剪画图须及早，探奇窟、访渔樵。

仙掌逐天高，丹崖悲寂寥。

啸长风、对景难描。

万斛闲情留不住，漫谱与，醉中谣。

（注：帕巴格公园者，亚利桑那凤凰城胜景也。崖
色暗红，多含铁质；奇穴险怪，望之森然；山谷之中，
仙人柱林立；颇可游观。山下湖水清冽，鸥鹭可亲，
尤为沙漠中难得之绝佳图画。）

117

题王冕梅花书屋

/

江山风雨醉清樽，
借与梅花淡墨痕。
未许轻生贪世禄，
斯文常向道心存。

【名称】长林积雪图轴
【作者】赵左
【朝代】明
【馆藏】故宫博物院

118

谒大明寺鉴真纪念堂

/

昔年通海踏鲸波，

万里云罗叠壮歌。

岂惮连番难措事，

东传法雨尽娑婆。

釜山渔村逢夏至

/

浮云几度识飘蓬，新夏玲珑入画工。

林暗偏寻莺语乱，山幽时见落花红。

鸥翻碧海空迁影，宅寄沧波唱大风。

沽酒谁陪惆怅客，一竿明月一溪翁。

（注：釜山，因其地多山，形如釜得名。
壮岁曾游，于今重过，偶访一渔村，时夏至，
觉风物清朗，静谧安详，因记之。）

嘉园闲居

/

平居无所事，自在百年身。

听雨烟分水，簪花鸟近人。

修书存道德，读史戒痴嗔。

行客频相问，天心即本真。

煮字为茶

题戊戌巧月邮轮东渡

一

宅寄沧波赋远游，云罗万里怅行舟。

鱼龙鼓舞翻鲸海，星火流辉动客愁。

过耳番音听未惯，解颐絮语忆从头。

中天皓月三千丈，犹看蓬山散漫浮。

122

科罗拉多大峡谷西缘

/

造化钟神秀，嶙峋兀崛奇。

天开幽壑处，叠嶂隐茅茨。

攀越亲归鸟，登临畅所思。

路歧何足扰，澹荡铸新辞。

平望踏青

/

行行平望驿，人在画图中。

溪路依云转，林青鸟影匆。

山低花烂漫，寺远梵音空。

随处逢园叟，夭桃映醉红。

香江杂感

/

水程迢递接山程，夜雨香江别有情。

灯火万家经眼惯，笙歌几处旧邻声。

浮云著意伤行色，冷月无心掩重城。

醉饱懒书新故事，海天四顾碧波平。

张掖

/

看尽丹山七色霞，雄关如铁莫咨嗟。

千奇万象生悬壁，落日长河听戍笳。

丝路纤绵连朔漠，梵宇寥廓尽桑麻。

逢说塞上江南驿，七月芸薹更著花。

北仑九峰山行纪

/

小驻江南道，峰岩旧有名。

天风侵宿霭，海日焕新晴。

重岭藏萧寺，云泉梵诵清。

山莺如有意，隔叶语分明。

（注：九峰山，太白山支脉也，地属北仑。有网岙，瑞岩诸景区。瑞岩寺为浙东三大名寺之一。）

过赤柱逢霖雨如注，口占一律

/

天涛连海雾，怒雨卷危城。

瘦石怜花影，松风咽磬声。

禅枯凝望眼，白首怅平生。

波冷沧溟阔，谁为罢长征。

月河小酌

/

漱滟秋光一望收，

游鳞偏爱戏晴柔。

酒中因果诗中字，

归去江南有钓舟。

游萨比诺谷

/

造化无时不兀奇，山行宁肯叹临歧。

群峰初识浮云面，层岭新晴护暖曦。

碧柱撑天夸铁骨，闲花著野任妍媸。

论心我亦方壶客，散漫天涯未许痴。

（注：萨比诺峡谷位于图森，山势平缓，然时有奇
峰突兀，谷中多逾百年之仙人掌，为人啧啧称奇。）

鲍威尔湖

/

峡险峰攒束激流，
暮云苍莽见孤舟。
天心人力筹谋处，
消尽狂沙筑绿洲。

（注：鲍威尔湖是蜿蜒在美国亚利桑那州和犹他州之间的天
然水库，1963年修成大坝，为纪念美国第一个漂流此河并建议开
发水利的先驱，以其名名之。）

羚羊谷

/

造化曾闻禹穴奇，
天涯翻见此欹危。
阴阳昏晓天机斡，
始信人间一局棋。

科罗拉多大峡谷

/

似幻如奇万仞山，

丹崖绝壁小登攀。

风餐霞饮寻常事，

阅尽沧桑是等闲。

塞多娜和平公园

/

灵雨空山护晚烟，

千岩万壑总森然。

平生习得真如法，

只卧云中不记年。

（注：亚利桑那州北部塞多娜（Sedona）小镇，风
景绝美，灵气逼人，为旅游胜地，各地冥思打坐之徒
趋之若鹜，寻求提升悟性之捷径。）

普莱增特湖

/

一色湖天碧似蓝，

居然塞漠小江南。

鱼翔莺跃熙怡处，

更翦浮云助笑谈。

（注：普莱增特湖位于从凤凰城去往大峡谷的
路上，是一片沙漠中的绿洲，水色湛蓝，鸥鹭怡
然自得，佳境也。）

山河如画

吉光片羽

风

祭

/

从来不是歌者，

生魂碎了也唱不出杜鹃的啼音。

从来不是灵巫，

经幡旧了也解不开神魔的封印。

从来不想同这个世界和解，

站成一株胡杨也是尘沙里最凄美的剪影。

然而，这个夜里

请允许我以喑哑的嗓音催动风铃，

清泠，叮呤

曼殊沙华开过，

你，可愿苏醒？

然而，这个梦里

请允许我俯下僵硬身躯亲吻火炽的红泥

灼烫，坚硬

荆棘鸟停下

你，可愿倾听？

让风信子带去一些温柔好吗？

你一定不会觉得冰冷

只要这世间注定还有属于你的泪影。

三点十三分

/

梦的边缘，锋利如刀

月光切成鳞片

在城市面目模糊的地上

跳舞。

三点十三分

最灵巧的云雀还未醒来

没有声息的街巷

犹如旧报纸上不明所以的留白。

思念织成捕网

兜住了夏末最后一枚金蝉。

我，一个不称职的守夜人

错过了所有精灵或者幽灵的口信。

地平线折叠

没有人知道

巴别塔的顶端

上帝的左手和右手，棋有没有下完。

醉醒

/

不敢醉

因为陌生了看不见的自己

因为听不见地火燃烧的声音

因为石头构形的偶像崩塌

因为天空辽阔,

却没有飞鸟的踪影。

不敢醒

生怕所有露水碎成冰凌

生怕冬凛封印麦田以外的颜色

生怕骨骼泅绿为藤蔓

生怕声音宏大,

语素纷纭为最熟悉的沙尘。

跨越,昼与夜,明与晦

边际比梦呓模糊

酒神,死去

荆棘如花一般盛开

等待大地上最后的牧羊人。

囚徒的权利

/

做了囚徒便有了写诗的权利。

日月有脚，

时间与轮回都与我无关。

我只要一支粉笔，

白得像雪，红得像血；

以及一面铁一样冰冷的狱墙。

我不为涂抹春天而来，

在这幽深的暗巷里，

芳香与颜色都虚弱到不堪一击。

我不为记录悲伤而来，

在这无边的寒冷里，

疼痛与眼泪都是灼热的伴侣。

撕下标签，

温情或者愤怒，

定义之外的心灵不需要被看见。

书写，是最本能的抗拒，

无论蜂蜜与奶的沼泽，

或是地心引力。

1573

/

1573，

距离黄仁宇书写的大历史还有十五年。

众生安详，北极星钉在紫禁城的琉璃瓦上。

世界与少年，隔着一道珠帘。

没有人知道乡下土郎中的药囊里藏了几株草

灵魂无法治愈，肉身抹去所有伤痕。

没有人知道绿眼睛的传教士为何点着蜡烛，

夜，柔韧了纸卷以及，河山。

朱红色的沉重陆续打开，

紫檀案，锦屏风，太庙里的牺牲，

武士没有鼓角和沙场

空空的胃袋装满油腻的贪婪。

不讲故事的年份从来不属于教科书，

酿进酒里吧，

连同忘川水丢不掉的前尘，

还有倔强的地平线。

兰陵王

/

以月光的温柔想象

你的少年，

还有羽毛般的旧时光。

风，收集散佚的影子，

在每一个河湾，每一道山梁。

黑骏马骄傲的蹄音响过，

沙枣花铺出满地清香。

北天最后的星子落了，

讲了一千年故事的青石井

盛不下的光芒，璀璨而莽撞。

我乘着平行空间的独木舟寻你，

隔着一个恒河沙数，

所有的传说都长了脚，

纷纭出不被知道的洪荒。

诡谲，

面具还是人心？

掸一掸没有字的卷轴，尘土苍黄。

我们

/

我们是彼此的典狱长

小心翼翼地看管

一切逾越：

坚硬夯土墙头早开的那一朵蔷薇

或者不小心飞过中线的麻雀。

耳语，比幽深更幽深的暗，

仿佛上千年不见阳光的地涌，

只养得住盲了眼的鱼。

我们是彼此的守夜人

兢兢业业地照料

每声更鼓：

流泻如水的月光偏移了约定的窗口

或者迷路的小鼠错过了应许的灯台

敲击，比犹疑更犹疑的刻漏，

仿佛几万米地底的波动

连缺角白瓷杯也没有晃出一滴水。

火山死了

今夜，我们都在庞贝。

和孔子聊天

/

许多人记得你的名字

许多人称呼你夫子

两千五百年不远

你车辙封印的路匍匐世上

足迹交错出补习班的热闹。

童音清稚，诵读你的篇章，

晨风或夜色里，

人们说，真美。

人们还说，考试多拿了三五分。

你感叹很久没有梦到周公了

许多人跟着你说。

话语在纸片流淌成河

蹙起的眉头仿佛沟壑。

人们说，梦真的走远了，

人们不说，其实从来没有梦过。

你会怀念沂水吗？

那些春服初成的日子

还有那群在你背影里努力成长的弟子。

木头做成的雕像褪了漆，

庙堂的烟火亮了又熄，

你不再说话，

因这世间并不缺少

也不再需要言语。

清风乱翻书

/

在光明里盲了眼睛
泪水干涸。
失去意义的不止颜色，
水和沙流过沉默。

白骨比黄土更冷
磷火冻住季节。
啁啾的雨声歇了
一些花在莽原苏醒。

三千年前谁著史，
遮蔽了传说与故事。
三千年后谁唱诗，
模糊了音节以及修辞。

牧羊人啊
唯你，不需要安慰
以酒，
或者天边最后一粒星子。

天一阁

/

天一生水，

梦想是流动的，

四百年劫灰，

埋了传说，埋不了耳语。

很多脚步逡巡，

荒寒的夜，

灯，照亮幽冥。

书，其实藏不住，

火进不去的，

朱黄同样可以让辞章模糊。

锁拿长了脚的故事，

白泥般的脂粉砌出歌舞伎的面目。

耳朵生出钩子，

挂起所有错了节拍的舞步。

书，其实烧不完，

没有一个凛冬蝴蝶会死尽，

息壤不绝，总有草木。

登楼，是一种象征，

婴儿蜷起身体，

卷帙微黄里，

铁线银钩里，

碎成羽毛的诗行里，

文明呵，你这模糊却温暖的母体。

所有的归来，都是不曾离开。

下班

/

过江之鲫，

游在路灯的昏黄里。

夜的潮水还未涌动，

刀尖上，霓虹的舞蹈刚刚上演。

长长的铁皮罐，盛满渴睡的眼，

穿透的城市巨兽般的骨骼，

犹如放射线。

盔甲生了皱纹，

凭空晃出个每袋一块五速溶咖啡的哈欠。

暂停，三十秒

最热闹的拥挤里，

只有告别，没有再见。

探出头，丛林雨落，

打湿武士般直立的假睫毛。

或许，像泪迹，一点……点。

尧坝断想

/

神，没有历史感。

光明之下，是最坚硬的寂寞。

花开的季节已过，

瓦砾，苍苔，风吹水落。

青砖的老房子里簇着一团火。

茶和酒氤氲出时光最纯的底色。

你不会来了吧？今夜

枫醉，沱江渡口有最怅惘的骊歌。

剪一段星光送你

文字化作船，轻轻在掌心停泊。

我是最不会讲故事的盲者

传奇或者童话都已在唇边干涸。

149

写给卢卡索酒店的雕像

/

你用一个谜困住世人，

却在谣言里成为最著名的牺牲。

这世间不再需要思考，

生命，成长以及终极……

我们化身贪婪的蜂，

吮吸最后一滴欢乐的蜜，

不管，它是不是毒罂粟结成。

落日黄昏，

国王谷的尘沙里，

属于你的灯火寂灭。

风是比岁月更锐利的刀，

雕刻出最坚硬的核。

偶像获得崇拜，

所谓名字，却从来与你无关。

夜行列车

/

像一颗子弹

夜行列车

洞穿，

所有灵魂幽深处的绝望。

钢铁的骨骼灼烫

荒野与大城

蜿蜒的佝偻，

荣光，成为最虚假的奖赏。

每一条藏不住疲惫的皱纹都是琴弦，

尘埃里，续不成曲调

只折射冷淡的星芒。

最合适的酒是烧刀子吧？

如同祖辈黄土陇上灌进喉咙的那样。

这是今天的第三杯咖啡，

卑微的衣袖上

阿玛尼铜扣闪亮。

我只敢醉在清醒里，

闭上眼，泠泠，

风过山冈。

不可纪念

/

忽远忽近

月色，或者你的背影

梦，像一朵流星

不经意，照进深埋的伤痕。

疮痂开出花来，

疼痛是刺进骨缝的根。

灰一样的往事都散了吧，

上帝的还给上帝，

凯撒的交给凯撒

连同，回不去的故乡。

我只留一声叹息，

轻如羽毛。

乌鸦吵闹了一个晚上

大地仓皇，

所有的灯都醒了。

谁

/

享受不被定义的自由

如同洪荒之前。

墨色的鲸骨撑起幽绿天空，

巨人撕裂了一道伤口，

萤火虫弥漫在血雾里

微笑诡异。

没有被经过的

永远不能叫作大地，

虽然温暖潮湿的怀抱

恣肆出荫蔽所有灵肉的白蜡树。

静默，是岩石的态度，

褶皱里没有故事

只有风，才可以听见耳朵。

最小草籽将开花了

宇宙訇然碎裂，

瞬间，又撑起虹霓的名义

重构。

老咖啡

/

一杯梧桐深处的冷萃

恍惚出没有尾巴的童年。

外婆家最后一页白色百叶窗坠地

连同格林童话散落的扉页。

推土机履带轧轧响过的夏天

没有人带走一声鸣蝉。

他们说，城市没有距离

幽深的地下铁是幽深的血脉

律动里传输的我们如氧气一样新鲜。

他们说，城市没有时间

阳光般的霓虹照进虹霓

每个移动的影子都带着昨天一样的明天。

万花筒或者七巧板

我们拼凑起城市的印象

再加上自以为是的旋律或者赞叹。

活成最熟悉的陌生人

在这滚动着生腥气的潮水里

或许才有蜗牛的安全。

暴雨，降至未至

梧桐深处那一杯冷萃

沁出舌尖微凉的，酸。

城的定义

/

定义一座城

以个体的方式：

标签扔给辞典

词条交还"百科"。

捏干所有句子

形容词失去温度和颜色；

提纯所有知觉

光追上影子，风里有盐。

学会认识每一棵行道树，

忘掉名字，记住年轮。

下弦月路过的屋顶

鸽群睡了，霓虹洗去脂粉。

最后一班地下铁是落魄的诗人，

洞穿空虚，无所畏惧。

灵魂饿了，

去逼仄的二楼书店寻找宇宙吧，

同时，等待一碗老火白粥。

街角

/

街角，咖啡

喝，水一样的家常。

今天天气，呵呵呵

新开超市的小白菜特价

孙子上幼儿园啦

轻松下来的阿嬷约会小姊妹

微黄微皱的手腕上笼着茉莉香。

孵空调，其实哪里都一样

只是穿了一水的连衣裙需要体面的出场

只是将要过期的淡唇膏还很明亮

粉底轻柔，虽然只是小样。

街角的咖啡馆

藏不起风花雪月华丽秀

兜不住纸醉金迷名利场

只有，眉眼间不肯老去的

风情和倔强。

不想你

/

学会在雨天不想你

看花，喝茶，听淅淅沥沥。

诗人说，寂寞如长蛇，

那么，来吧，

尖齿逼出的心头血恰好染湿尘封的画笔。

画一个远方

红屋顶，绿草地，黄昏灯火亮起，

老橡树的阴影里星星藏下秘密。

画一个夏天

白水鸟，干草垛，太阳散发香气，

竹篱笆的尽头玫瑰羞涩不语。

画一个故事

没有爱与哀愁，相思别离

云和风，山间来去。

时光是最缓慢的河流，

带不走的都化为沙砾

在珠蚌悠长的呼吸里，睡去。

断章

/

月光落在头上

雪一样。

影子彼此追逐，

想要填满天河般宽阔的

空白。

我站在世界的尽头，

是的，尽头，

离星辰那样近，

离人群那样远。

想象是唯一的船，

滑过六月莲歌悠扬的江南，

溺在倾覆南朝金粉的漩涡

一圈……两圈……

长发泅出一丛深绿。

没有成蝶的茧冰冷成化石，

在某个初冬即将来临的早晨，

霜花般，碎裂。

说秋

/

树上第一片叶子落了

云忍住眼泪，呼吸缠绵成渔线

坠住越来越短的日脚

人们告诉我，这是秋天。

水一样的沁凉令人犹疑

睫毛如丛林，透明出光晕

沉溺越来越长的思念

人们告诉我，这是秋天。

稻香柔软成绸绢

老磨盘身躯佝偻，呕哑啁唽

血色苍白的瀑布冲刷出编年史

人们告诉我，这是秋天。

风诚实而沉默，

唢呐悠远，无人经过的村庄破碎成片

蟋蟀咽下最后一声呜咽

人们告诉我，这是秋天。

最好用的画笔秃了，

油彩干涩，晦暗如泥。

不均匀的青黄终究是天地本相

从太初，直到又一个洪荒

秋，是回到终点的起点。

长假

/

悠长，如梦，

足够荒原苏醒成花甸

沟壑洋溢成湍流

废墟，爬满常春藤一般的冷月光。

暗夜舞者卸下沉重的假面，

魔法师疲惫的道具睡了，

没有喝彩的戏台，

不需要言语和鼓掌。

和自己独处

与灵魂和解，

呼吸绽放成星光。

想象那些令人羡慕的放逐，

千重水万重山，

神秘而荒蛮的鼓点，

荆条编成的花冠戴在诗人头上，

馨香里，女巫的腰肢柔软出爱情的模样。

颂圣，堂皇于庙堂，

原野，为生与死，放声歌唱。

致远行

/

这世间从来没有别离。

太阳的影子分割昼夜，

前世今生，揉进砂石的眼睛，

关于宇宙、时间

寒与暖。

扔一个故事在风里，

等它蒲公英般散落在明媚以及幽昧里，

开出史诗，长成传奇。

传唱，

以筚篥，马头琴或者蚌蛤的呼吸。

这世间从来没有别离，

因相思的名义。

（注：纪念一位年轻的诗人。谢谢你曾来过这世间。）

许多年后

/

你来了

坐，

吃茶。

桂花落，

满屋子，清冷直率的香。

我们浮动在静默里

就像鱼随着康河温柔的波荡漾。

影子睡了

渐渐模糊的除了梦，还有理想。

你为告别而来，

我其实也一样。

风吹过的夜是铅色的，

烙着白月光。

许多年后，

抬起头，

所有的秋天无非这样，

连同，我从未忘记的忧伤。

读《芳华》

/

最后，

一生犹如一天。

散场，

黑暗里释放的孤独结成网，

粘住了人群最虚弱的暖。

点一支烟，替代理想

故事不能当真，

就像午夜没有你的梦。

余烬，铁一样寂灭。

想象——春

/

在最冷的冬季想象春：

不是柔软的柳丝，

不是啁啾的啼莺，

不是桃粉李白

以及漫山遍野火苗般的红紫。

是山寺的檐铃醒了，

迟疑着咕哝不成曲调的歌吟，

是水底的游鱼听见了

吐一个透明的泡泡，躲过残余的冰凌

是冻土里的冬麦回应了，

扬起脸，等一个轻柔无邪的吻。

还有还有，

那一羽红山墙上的灰鸽，

以及它翅膀下栖息着的神的背影。

风，在梦里掠过我的荒芜，

圆满如同破碎，

午夜，摇摇欲坠。

安静的水滴

/

在你的世界里做一颗安静的水滴，

透明，只折射清晨枝头第一抹晨曦，

微细，只润泽夏初新蝉第一句低语。

最深的幽暗里

我藏进草叶，

不为躲闪，

只想沁入你晚归的步履。

最远的雷声里

我奔下云头，

不为热闹，

只想跃入你匆匆关锁的窗棂。

山与海之间，

明与晦之间，

寒与暖之间，

所有正大堂皇的无垠里，

我只是一颗水滴。

邂逅，

不必犹疑

我在你指间突如其来的微凉里。

岁·碎

/

听说你的城市落了雪，

于是，我折下老梅桩上第一朵花。

茶烟熏了眼，

土陶围出来水平面，一滴雨落下。

没有人写信了，

大雁吐了个烟圈，冰冷出一轮月亮。

路真的很长很长，

标记了所有岔道，却依然寻不见极光。

以时间煮一碗汤，

不为温暖，只是致敬——遗忘。

雅

夏城 1·0

/

无遮蔽的阳光

影子失去踪迹

城，滞重如铅。

移动，不带任何情绪

失色格子盛满大潮溅出的水沫。

恒温二十六度的空间虚构

故事，还有主角。

我们，是最好看的布景。

奶茶一样的空气，

全糖，半糖你说了算

一朵塑料花

从胸腔破土而出。

在键盘上奔跑，

字母，没有独立意义

如同当季的香氛与过季的盔甲

只有七秒

不只是鱼的记忆。

小满

/

大泽腾起水雾

月亮开始分娩

没人看见血污

北极星亮了

这是最好的时候

有人说。

田垄扬起稻香

蚕吐尽了缠绵

相思是找不到尽头的路

风信子在故事里沉默

这是萌生的时刻

有人说。

用一行诗告别童真

老祖父一样年纪的背囊掸去浮尘

梅子将黄的江南是个梦

你说，愿今夜无人敲门

我说，听，风…

写重阳

/

在还没有变黄的梧桐叶里,

想象一座山:

茱萸如火,

王维的指尖染了青黛般的酒气。

塔檐不知年头的铜铃半哑,

唱不成梵音庄严,

只在佛的心上划过,

一抹血色,清浅。

我是山脚下牧羊的少年,

有着从不长大的羊群和从不变化的容颜。

长长的诗人的影子,

瘦成罗盘指南的针尖,

一千年,回不去的才是家园。

在终将变黄的梧桐叶里,

每一朵疲惫的霓虹都是山,

不敢走近,不敢走远,

乌云,镶着褪了色的金边。

云上

/

有一些书只适合在云上读，

忽略修辞，内容坚硬如冻土

奥义只在初春熹微的晨光里示现；

彼时，灵魂拈花，不言。

有一些话只适合在云上说，

没有句型，词汇是午夜的焰火

意义在光明里逐渐模糊；

此刻，神听得见。

有一些梦只适合在云上做，

场景依稀，情节碎成鳞片

混沌与清醒在人造的昼夜里轮转；

忘却，是最体贴的描写。

有一些人只适合在云上思念，

炭笔断了，生涩了最粗浅的轮廓线

半朽的旧画布兜不住余温尚在的细节。

天黑了，

我，总是，不肯闭眼。

鸟鸣涧

/

坚决地跌落

危崖

粉碎

所有透明的思想

峻嶒的山脊战栗

一棵树，生长

叶子摩擦阳光

锋利如刀，

破碎流言与时光

把影子埋进幽谷

不开花的地藓蠢蠢欲动

一团鸟飞过

沉默，却无比嘹亮。

寒露

/

至净至洁的露在月亮的骨血里长成

风带着十里稻香迎娶

蒹葭结成新房，星子作了灯笼。

衰老的吹鼓手拼尽气力

蛙鸣里弥散早已凋零的乡音。

至小至轻的露在枫红的心跳里长成

雁穿过千山暗云飞来

沙洲褪去苔痕，野渡没有舟影。

莽撞的唱诗人歌喉苍凉

虫唱里编织不被记忆的游吟。

至高至大的露在天地的精魂里长成

秋猝不及防地来临

如同死亡，亦如同爱情。

一滴泪，终将把所有的罪洗净

将透明还原成透明。

睡莲与其他

/

流动，暗红的雪白的火焰将灭
幽绿的底色爬满影子。
颤抖，不过是风的游戏，
词汇埋葬在淤泥里
连同幽邃的思想。

静默，是一种道德
虚相或者实相，
彼岸，或有佛陀的路

季节跟着蜻蜓衰老
所有经过的阳光慢慢佝偻
七月午后的池塘是一组诗句
蝉和蛙都唱不出
只等新月做几行脚注。

（注：致敬莫奈。）

秋念

/

如果可以

请让第一片木叶飘落我的肩头。

风开始凉了

如同渐行渐远背影的模糊。

雨来不来？

我想蘸湿我的毛笔，默写

王摩诘和李义山零散在季节里的句子。

此刻月光如新娘一般圆满

虽然，我依旧怀念柳梢上她羞涩的初恋。

拾起庭院里初落的桂蕊

寄给无人经过的邮筒吧，

让它斑驳的身体开出少年的香气。

如是我闻

/

写在季节终章里的花开了

颜色是倔强的独白。

被风撕扯的庄严，蝴蝶一样飞起，

蛹，藏进幽深微臭的泥土。

我学不会那些温暖的调子

琴弦喑哑，歌喉生涩

冻僵在夜色里，

华丽的词汇还有颤音，注定。

去扯一床丝绵吧

学做积年的老阿嬷最喜欢的事情

夕阳淡薄如水酒

纤维里絮进所有虎头蛇尾的故事。

如果世上的路可以不死

在最喧嚣的人潮里

用目光投下一块石头

时间静止

偶然，或许，重生。

我丢了一首诗

/

我丢了一首诗

你有没有捡到？

每一棵经过我的树收敛绿影

每一寸穿透我的阳光眯起眼睛

每一丛草，每一树花

天真烂漫地凋零，或者新生。

我在漫无边际的人群里倾听

追踪梦呓，追踪风

我在荒芜如原野的怀抱里搜寻

不放过战栗，或者怜悯

我穿过比午夜冗长的白昼，

地平线另一头是不是你凌乱的梦境

嗨，我丢了一首诗

它像羽毛一样，轻盈。

石缝里的树

/

天地与你
谁先谁后？

风说，我不知道
只在路过时，
渴望从不改变的温柔
石说，我不在意
洪荒以来，彼此守候
光阴折叠为褶皱。

漫长遥远的路，沉默如沙砾
星辰，沉默如路。

让所有的叶子如鸽羽般飞起吧
把困惑交给季节，历史以及诗人
某一天，
孩子会在大海边缘捡到，答案。

静夜思

/

向着无边的幽暗

坠落

耳边，只有风，

呼啸如猛虎。

穿不透坚厚的土壁

声音，以及光……

一线冰凉，

露水，蛇的口涎

其实并没有什么两样。

坠落，

烈火，还是死水

湮灭所有春天的泥沼

羽毛滞重如铅

蝴蝶剪断翅膀。

坠落，

没有维度的时空，

逝去犹如存在

万物归于岑寂。

破空而来

藤萝，鬼魅一般

叶的边缘锋利如刀。

掌心血色里，

天堂骤然涌现…

看山

/

群山遥远

看不见回声。

驱赶白云，

犹如雷暴中惊恐的羊群。

朝圣者来过

磐石是风吹不去的封印。

时间是墨色的

树沉埋为煤

煤燃烧为诗人手心里的

灰烬。

来过。

前生以前，

每一颗钻进破旧鞋袜的苍耳

带着远去灵魂的微疼。

夕阳如雨

淋湿传说，

我和你在深沉的叹息里，

蔚然成虹。

年尾谣

/

年尾，是悄悄开放的梅花
匆忙赶路灵魂突然惊醒
轮回，周而复始

神，擦肩而过
午夜最后的钟声长出翅膀
拜访每个梦境
伤口，获得手指宽度的创可贴

距离是放大镜
影像缤纷，颜色模糊
变形的真实比真实有力
标点，就是故事的全部

拒绝睡去，拒绝和解
拒绝，与石头的偶像共舞
以炉火的余烬煅烧句子
今夜，洁净如同婴孩。

问候

/

还好吗？

很久不见。

思念滚烫，在舌尖打转，

吐出的，依旧是最平淡的字眼。

紫藤已经开过

花瓣雨扑簌簌，打湿记忆的片段。

阳光正好

路上的人眯起眼

恍惚里，影子纷乱。

还好吗？

很久不见。

春已走到收梢，

剪一段莺声藏进背囊。

没有书信的绿邮筒枯萎，

能不能，用一行诗，与他和解。

寂寞

/

寂寞是一个命题

定义多歧，逻辑模糊

检视所有假设，

灰乌鸦立在枝头，

沉默如铁。

抓不住的论据，

只留下烟尘般缥缈的伏线。

证明或者证伪，

白月光看起来并无区别。

古老的文字是难解的符咒，

点和线，勾勒出荒芜的庄严。

草芽与不卑不亢的阳光遇见，

所谓爱情，

不过三月春水里转瞬即逝的涡旋。

敲梦

/

我来你的梦里敲门，

夜坚如核桃的外壳裂了一条缝。

月光洒落，

每瓣四叶草的露水里都住着神。

风有些冷，

花木马的旋转藏着不厌倦的等。

念诵了所有的经文

不肯褪色的古老，

射中人马座最明亮的星辰。

冬天最后的常春藤，

叶脉上写满看不懂的签文。

民谣休止符悠长，

顿挫出鸽哨般饱满的高音。

有一些霜花裂了

在不算冰冷的清晨。

我，来你的梦里敲门，

辨不清颜色的窗帘，

遮住了微亮的灯。

清明辞

/

没有人知晓风往哪里吹

山岗、云雾、木船

渐渐模糊，你的衣裳。

没有人听见花开的声响

晚樱、碧桃、结香

缥缈里，目光星火微亮。

没有人猜透雨的脚步

炊烟、篱落、旧巷

触碰，记忆冰裂成一地琳琅。

没有人相送，

恰如你来时一样。

穹顶之下，暮鸦轻唱。

最美的季节里

起点

终究只是终点的镜像。

沙漠雨

/

每年十一毫米，

数据瞪着冰冷的眼。

这城市不习惯有伞，

如同我，

不习惯跳着八字舞的语言。

蓝天白云是一篇馆阁体，

正大堂皇，

却欠了半个梦里江南。

没有人的站台，

突如其来，星星点点，

细密的针脚缝起了乌云的镶边。

沙漠雨

溅不起最小的水花，

仿佛，

猝不及防的眼泪，

只打湿思念。

红月亮

/

城市里升起红月亮，

听说了吗？

这一夜

神秘，魅惑

林妖一样的女巫撞进虚空，

冰凌破碎，焰火腾起；

这一刻

荒蛮，深沉

封印百年的人皮鼓低吼长吟，

图腾古老，鼓点坚韧。

这一秒

沉默，透明

传了千古的流言终于落定，

凤凰啼血，玉碎昆仑。

一起看月亮的人有福了，

抖落雾霾与黄尘，

地平线上

烙出和祖先相同背影。

说给雪

/

纷纷扬扬，是你存在的方式。

赞美、围观或诅咒

随他去，

让白更白，让黑变白，

从来不是你的虑思。

红花白藕江南岸，

脂粉霓虹堆垒出想象的盛世。

你还是来吧，

毕竟这世间还有游子，

为他疲惫的行囊添几行诗。

毕竟这世间还有余火，

一盏苦茗消融你的冰凉的身世。

毕竟那一树开出宋词的梅还没有老去，

约好共白头，

缱绻出地老天荒的相思。

冬来

/

烟灰色，黄昏，

老鸦锈在没有叶的枝头，

瘦成折线。

玻璃杯碎了，

应和着第一片落下的雪花。

锐利的嘲笑从残片中破壳而出。

水仙将开未开，

雨花石在标注康雍乾的青花盆里，

发一个春秋大梦。

暖锅已沸，

红汤白汤清汤在筷子边缘集体失语，

浑浊成翻滚着毛肚猪脑的沼泽。

转过身，

以混着糯米香的普洱佐诗吧

李白太闹，杜甫太苦，恰好的只有王维。

冬，注定不可理喻，

将战栗和怀疑注入每个还醒着的毛孔。

清冷，是庄严的。

时差

1

我在暗夜里想象你的黎明

那一定有风，

吹动了惆怅的衣纹。

那一定是暖，

点燃启明星的眼睛。

花儿或许开放，

神殿传来忽然嘹亮的歌吟。

你在暗夜里怀念我的黎明

最熟悉的云

遮住霓虹将散未散的魅影。

最悠长的路，

穿过藏在底片里微黄的青春。

山排成了方阵，

海的呼吸，

沉没着有故事的航标灯。

我们站在平行线的两边，

那样远，那样近，

距离和时间一样虚无，

因为，注定。

七月半

/

是谁敲响幽冥钟？

大地战栗

折断翅膀的白羽鸽缀满灰黑的天空。

月亮是冷的

冰沸腾成烟，

朱化为碧，

蝼蚁的魂灵簇成烟火，

瞬间，寂灭成永恒。

熙攘在这世间的行走的形，

空了，满了，碎了；

来处或者归处，

都只是穿过半球似的穹顶，

看不见终点的漩涡，

老祠堂壁角刀锋一样生涩。

冬·祭 —— 致余光中

/

在最冷的风里听见天堂的水音，

以桂木为桨，兰蕙织帆的小船飘走了，

连同载得动载不动的乡愁。

月盲了眼，

夜迤逦成看不见边际的沼泽，

吞咽，如同饕餮

这世间最温暖的诗意。

走了很长很长的路，

群山褶皱里封藏起所有的秘密，

炊烟散

鹧鸪声焐热了晚熟的粳米。

在江南烟雨般的泪光里，

母亲呵

你疲惫而天真的大儿踏梦归来。

颂

影·绍兴

1

月亮，是乌篷船的剪影

悠悠，荡过兰亭。

少小离家的人踏夜归来

行踪，藏进杨柳还有唧啾莺声。

用萤火点一盏灯，

来字里寻你好吗？

阿爷开了线的帖烟云潆漫

"永和九年"山花落

三月风，吹皱了流水般的墨痕。

用丝弦结一个梦，

来歌里寻你好吗？

阿奶忘了词的调子婉约

旧故事颠倒如梦

小姐却注定遇见长衫飘飘的那个书生。

用青瓷舀一碗时光

来酒里寻你好吗？

女儿红羞涩了眉眼

爱情，与鉴湖水一样洁净单纯。

你是我童年听不完的睡前故事，

上下五千年

神王大禹总是排在第一名。

你是我少小课本里的初识的原乡,

百草园的覆盆子熟了

煮透的罗汉豆里还带着咿呀的水声。

你是我终生记忆顽固的味蕾,

走过世上所有的风景

相思绵软,依旧化入那钵梅菜蒸。

如何定义,以你之名?

在古典主义的温情里,

在东风破晓的鼎革里,

一千个形容词

写不尽你一千零一种风度与神韵,

蕴藉在心头吧

等时间酿成比一斛乡愁更浓酽的——"绍兴"。

等秋

/

雨在梧桐树上写了一行诗，

叶便做了他的使者，

撑起风的小船去向秋天告白。

路过蛙鸣，

采一把金稻；

路过莲塘，

沾一袭藕香；

路过小学校里敲了百年的铜钟，

再学一个只有掉光牙齿的老阿嬷才会的歌谣。

秋，总是忘记她的居所

李义山的西窗，

杜子美的落木，

古城墙边嘹亮的鸽哨，

又或者二十四桥如怨如慕的箫声，

都是她飘忽的行迹。

那么，就在这里等吧，

洞庭烟波十万顷，

湘夫人的衣袂翻卷如云。

沙洲榛莽，

乌鹊啼声悠长，

秋，你还是来了。

巨济岛印象

/

我在你翅膀的阴影下飞过

海是蓝色的

如同丢在原乡的梦

故事像蘑菇一样疯长

神没有来过

风的皱纹刻满山冈

比甲骨更难解的卜辞里

没有侥幸，只有沉默

咸涩而滞重的网破了

阳光织补经纬

每一个渔夫都是诗人

打捞时光洇满枝蔓的残片

来或者不来无须在意

花瓣开出最柔软的爱情

奔跑的影子都藏着自己秘密

无论，星辰还是沙砾

在一场江南雨里回到唐朝

/

在一场江南雨里回到唐朝

伞之下，

欲念简洁单纯

灯火安静成倒影

匆匆，飞溅出琉璃的幻境

潇潇是天地唯一的声音

催熟了梅子

催老了莺声

读几行诗好吗

纵然诗行里只有别人

扫一扫尘好吗

纵然窗棂上还有你遗忘的指痕

老祖母的土布经纬不乱

卷得成背囊

也锁得住隔了山隔了海

隔了整个无垠的

庄生梦。

圣·沙维尔教堂

/

大地边缘

洒落

一颗草籽

砂砾，

磋磨出天堂的颜色。

每一只飞过的鸟儿都沉默

音节，词汇，以及所有的多余

在深秋干瘦的风里辽阔，

以花，叶，或者，蓝与白。

许多人来过，

许多人离开，

许多眼泪，

许多新生。

听过你名字，孩子坚硬成棘刺

如同，你的名字。

天平不称量尘世的负重

尘世，载不动最初与最晚的，

光…

（注：图森最古老的西班牙式教堂。）

扫寒辞

/

没有炉火

我们用句子取暖

那些无人倾听的句子

从雪被下沉睡的冬麦地

爬满青苔的老油坊

还有屋檐下折断的冰凌子，流出

注满悠长叹息的夜。

没有酒

我们以沉默相对

那些无须确认的眼神

从凤凰花开的季节

古茶树和山茱萸疯长的红丘陵

以及我一夜间苍白的长发，穿过

封印前生不曾滴落的泪。

没有一间屋子

我们张开怀抱

那空虚了一个洪荒的怀抱

从女娲抟起的黄土

穆天子回不去的昆仑

或者烛龙吞没的全部昼夜，开始

等，一粒芥子，不慌不忙地生长。

图书馆

/

长城砖

骨骼与血脉

荣光和寂寞

还有祖先烙进大地的背影。

梦游的手指掠过尘土

天国的阳光里

我眯起眼睛。

呼吸

宇宙以前，星云旋转

身体最深处

江豚，记得回家的路。

战栗还给大地

恐惧交给时间

三维空间里，

静默，如同礼赞。

春·分

/

悄悄靠近

默然倾听

草芽的呼吸里

雷声隐隐

春，总会来临

如同暗夜

如同黎明

如同万象在花蕊里旋转

如同年轻血管里灼烫的爱情。

缓缓路过

拒绝歌吟

泥土的喑哑

庄严了众生

分，维度或者法则

烟雨流云

水色山形

莺声，催开夭桃

梅花与落雪如释重负般，凋零

存在，还与虚空

开始，指向终结

词语哽在喉头，

以不合时宜的方式，透明。

月河断想

/

从波纹里打捞起你铅灰色的名字

灯火，桨声，

旧江南留不住田田莲叶里的影子

只把一个梦融进夜与雾。

你经过我，

仿佛从未忘却，

一万里路，三千年史，

笼在萧寺烟雨里的南朝，

还有青石板小虹桥旁昏昏灯影的酒肆。

五湖未远，

看得见那只乌篷船，

依稀还听过清凌凌的浣纱词。

绵长，是不肯稍歇的河的相思，

从来，客于天地的都是游子。

我经过你，

今夜，风吹开桂子，

碎成片段的旋律裹进粽叶

青绿。

代后记

游 侠

江湖，没有传说。

村里，没有二十岁以上的男人。

老祠堂前的水塘里沉了一把剑，谁也没见过。

每一个村里出生的男孩在离开前都会下一次塘，虽然通常，只能摸上来一手河泥，几株水草，或者三两条半死不活的柳条鱼。但，这是个仪式。摸过，就该找一个星月晦暗的晨，打一个不大的包裹，揣上母亲早就蒸下的白面馒头，离开。

不必向谁告别。

二嫂姓李。这是她蒸下的第三回馒头了。十六岁嫁来，那个脸色红如朝霞的少年陪她看了三回中秋的月亮，留下根生、济生、长生三个小崽，还有一段温软的万字不断头的茧绸，在她十九岁生日后的一天，揣走了婆婆蒸的馒头。

现在，二嫂的馒头也蒸完了。

偶尔，村口有陌生人回来。站在荒草离离的坟前。缺了手脚，豁了牙齿。只有这一天，女人们才想起，这里是"游侠村"，不管识不识字，家家都供着一卷《刺客列传》。村里，男人的宿命是赴死，女人的宿命是生养。

这些缺了部件的归人其实也不住在村里，他们总会在冬天第一场雪落下来之后，睡到祖先身边去。

有名号的门派和宗师都喜欢这个村的少年，岩石一样坚硬的骨头，不知疲倦的修行，还有敢于打碎一切包括自己的勇气。

可是，三百年了，这个村里的少年没人成为宗师。最快的剑，最长的刀，最轻盈的身法，最早的成名，最迅速的陨落……烟花，来不及成为传奇。落花，没有资格成为传奇。三百年了，故事里还是只有一个他。剑出，风云变色；剑走，没有招式；剑止，只在对手的喉头留下一点猩红。

其实没有多少人识得他的面目，除了那些死在剑下的；因此，也没有人知道他的结局。

有人说，他死了。六大门派的高手以他为猎物，围歼。理由？不需要的。干净过头，就是坏了规矩。有人说，他做了暗人。再骄傲的狼也会遇见驯狼人，一手鞭子一手肥肉，从此，不见天日。杀人的刀，要什么天日。有人说，他恋上了山妖，美得让人心颤那种，紫雾蒸腾的结界烟瘴里没有四季与轮回。

村里人都相信，一个游方和尚来过，往水塘投了一把剑。他的。三百年了，村里的年轻人从没找到过那把剑，于是他们一个接一个离开。那个叫"江湖"的地方有多远，不知道。然而，他去过的地方，他们终究也要去。

二嫂家的长生是个不一样的孩子。憋气谁也没他憋得久，凫水谁也没他凫得稳。他其实一直知道水塘里并没有什么剑。他想找的师傅是个卖豆腐的，滚烫的豆浆缸子端起来就走，平静如死水，不会洒出一滴。细如棉线的豆腐丝下在鸡汤里，瞬间，绽放如菊花。师傅也有一把剑，劈柴，切豆腐，偶尔也用来栓一栓关不严实的门，挡挡针尖儿一样的白毛风。

长生是六岁上遇见师傅的。他等了十年。这十年，二嫂觉得是偷来的。

　　二嫂知道，根生大概是死了，他的包袱被送了回来，丢在窗下，血腥气让圈里的牛三天不肯吃草。茧绸旧了，暗沉如水，二嫂的脸在水色里影影绰绰。济生听说改了名字，有人在长江口的大码头看见他，好像是，又好像不是。二嫂家的大门口多了一包金子，明晃晃耀着日头。二嫂不敢碰，烫。

　　蒸笼旧了。二嫂有一搭没一搭地编着一个新的。虽然馒头已经蒸完了，可是，谁知道呢？山上的毛竹铁一样坚硬，没有刀，二嫂抬起手，轻轻一劈，再一劈，竹篾粗细，正好。